震災歌集　震災句集

長谷川　櫂

青磁社

*目次

震災歌集

震災句集

震災歌集　震災句集

震災歌集

はじめに

この『震災歌集』は二〇一一年三月十一日午後、東日本一帯を襲った巨大な地震と津波、つづいて起こった東京電力の福島第一原子力発電所の事故からはじまった混乱と不安の十二日間の記録である。

そのとき、私は有楽町駅の山手線ホームにいた。高架のプラットホームは暴れ馬の背中のように震動し、周囲のビルは暴風に揉まれる椰子の木のように軋《きし》んだ。

その夜からである。荒々しいリズムで短歌が次々に湧きあがってきたのは。

私は俳人だが、なぜ俳句ではなく短歌だったのか、理由はまだよくわからない。「やむにやまれぬ思い」というしかない。

今回の未曾有の天災と原発事故という人災は日本という国のあり方の変革を迫るだろう。そのなかでもっとも改められなければならないのは政治と経済のシステムである。この歌集に出てくるのは菅内閣と東京電力だが、どちらもその象徴にすぎない。問題は政治と経済全体にある。

地震が起こるずっと以前から今の日本の政治と経済のシステムに対して漠然とした不安を感じていたのは私だけではないだろう。多くの人々が「このままでいいのか」という疑問をいだいていたはずだ。

決して立派とはいえない首相が何代もつづくのは、間接民主制という政治家を選び出すシステムそのものがすでに老朽化してしまっているからではないか。温暖化など地球という星の存亡が問われながら、電気やガソリンを市場原理のみに任せて湯水のように使いつづけていいのか。このひそかな疑問は震災後、切実に日本人一人一人の意識と生活を問い直すことになるだろう。

もしこの問題を棚に上げたまま、もとのように「復旧」されるのであれば、私たちは今回の地震や津波や原発事故から何も学ばなかったことになる。それは今回の大災害でこれほど多くの人が亡くなった、その無残な死を無駄にすることになる。一人の人間の「やむにやまれぬ思い」もそれと無関係ではない。

一

二〇一一年三月十一日

津波とは波かとばかり思ひしがさにあらず横ざまにたけりくるふ瀑布

夢ならず大き津波の襲ひきて泣き叫ぶもの波のまにまに

乳飲み子を抱きしめしまま溺れたる若き母をみつ昼のうつつに

かりそめに死者二万人などといふなかれ親あり子ありはらからあるを

夥《おびただ》しき死者を焼くべき焼き場さへ流されてしまひぬといふ町長の嘆き

ある国会議員

花屋も葬儀屋も寺も流されてしまひぬと生き残りたる一人の男

大津波溺れし人を納むべき棺が足りぬといふ町長の嘆き

みちのくのとある海辺の老松は棺とすべく伐られきといふ

大津波死したる者は沈黙す生き残る者かくて嘆かふ

阿鼻《あび》地獄 叫喚《きょうかん》地獄なにものぞ巨大津波のあとのみちのく

みちのくの春の望月かなしけれ山河にあふるる家郷喪失者の群れ

人間に飼はれてゐたる犬どもは野犬となりて野山さまよふ

救助されたる漁師のいへる

酒飲みて眠りてあした目が覚めて夢だつたかといへたらよきに

嘆き疲れ人々眠る暁に地に降り立ちてたたずむ者あり

二

音もなく原子炉建屋爆発すインターネット動画の中に

原発を制御不能の東電の右往左往の醜態あはれ

原発をかかる人らに任せてゐたのかしどろもどろの東電の会見

顔みせぬ東電社長かなしけれ原発事故より五日経たるに

顔みせぬ東電社長かなしけれそれなりの人かと思ひゐたりしに

原子炉が火を噴き灰を散らすともいまだ現れず東電社長

古人いはく人は見かけで判断するな青く塗りたる原子炉建屋

被曝しつつ放水をせし自衛官その名はしらず記憶にとどめよ

原子炉に放水にゆく消防士その妻の言葉「あなたを信じてゐます」

原子炉の放射能浴び放水の消防士らに掌合はする老婆

はうれん草放射性物質検出すそののち汚染野菜ぞくぞく

東電の御用学者が面並《つらな》めて第二の見解《セカンド・オピニオン》なし原発汚染

如何《いかん》せんヨウ素セシウムさくさくの水菜のサラダ水菜よさらば

降りしきるヨウ素セシウム浴びながら変に落ち着いてゐる我をあやしむ

目にみえぬ放射能とは中世のヨーロッパを襲ひしペストにかも似る

フィレンツェの街をペストの襲ひしとき山ごもりせし男女《おとこおんな》あはれ

かつて

青く澄む水をたたへて大いなる瞳のごとく原子炉ありき

されど

見しことはゆめなけれどもあかあかと核燃料棒の爛《ただ》れをるみゆ

爛れたる一つの眼らんらんと原子炉の奥に潜みをるらし

禍《まが》つ火を奥に蔵せる原子炉を禍つ神とし人類はあり

次に火之夜芸速男神《ひのやぎはやおのかみ》を生みき。亦《また》の名は火之炫毘古神《ひのかがびこのかみ》と謂《い》ひ、亦の名は
火之迦具土神《ひのかぐつちのかみ》と謂ふ。此《こ》の子を生みしに因《よ》りて、みほと炙《や》かえて病み臥《こや》せり
『古事記』

その母を焼き死なしめし迦具土の禍々《まがまが》つ火の裔《すえ》ぞ原発

火の神を生みしばかりにみほと焼かれ病み臥《こや》せるか大和島根は

三

顔見せぬ菅宰相はかなしけれ一億二千万人のみなし子

おどおどと首相出てきておどおどと何事かいひて画面より消ゆ

かかるときかかる首相をいただきてかかる目に遭ふ日本の不幸

この国のこれから進むべき道をこの宰相もつひに示さず

日本に暗愚の宰相五人つづきその五人目が国を滅ぼす

現地にて陣頭指揮とる一人《いちにん》の政治家をらぬ日本の不幸

地獄には牛馬の頭をもつ獄卒をり

国ぢゆうに嘆きの声はみつといへど政争をやめぬ牛頭馬頭《ごずめず》のやから

いつの世も第一線は必死にて上層部のやから足を引つぱる

「日本は変はる」「変へねばならぬ」といふ若者の声轟然と起これ

四

亡国の首都をさすらふ亡者否！　はるかにつづく帰宅難民の列

緑なるわが美しきゴムの木が羽根ふるはせて余震告知す

浮き彫りの硝子花瓶の乙女らがかたかたと鳴り余震告知す

六本木ヒルズ東京ミッドタウン煌々と輪番停電の闇を嘲笑《あざわら》ふ

高飛車に津波対策費仕分けせし蓮舫が「節電してください！」だなんて

いきなり切れる停電のごとき哀しみがわが一生《ひとよ》にもかつてありにき

日本列島あはれ余震にゆらぐたび幾千万の喪の灯さゆらぐ

くらくらと海月《くらげ》なす国大八洲《おおやしま》地震《ないふる》ふたびかくもさゆらぐ

ラーメン屋がラーメンを作るといふことの平安を思ふ大津波ののち

ゲーセンに子どもあふれてゐることの平安を思ふ大津波ののち

かかる瑣事に今までかまけゐたるかとはたと驚く大津波ののち

「赤い日は日本です」と日本語で仁荷《インハ》大学の許《ホ》君のメール

仏弟子にまがふばかりにあなたふと炊き出しにきしスリランカの人

うちつづく余震の間《あい》のつかのまに訪ねきて去る大阪の人

かかるとき高校野球はじまりて選手宣誓「がんばらぅ！　日本」

「こんなとき卒業してゆく君たちはきっと強く生きる」と校長の言葉

わが家の泣き虫妻よ泣くなかれ被災地の学校の卒業式に

五

久々に東京に出ればあはれあはれいたく憤《いきどお》りて帰ることあり

「今の若者は」などとのたまふ老人が両手に提ぐる買占めの袋

停車せし山手線《やまのてせん》のとある駅に流れてゐたり第三の男

壊れたる家々はもとにもどらねど三日でもどるバラエティ番組

カップ麺あつといふまに売り切れてこんなときにも悪食《あくじき》日本

石原の石くれのごとき心もて「津波は天罰」などといふらし

「真意ではなかつた」などといふなかれ真意にもとづかぬ言葉などなし

言葉とは心より萌ゆる木の葉にて人の心を正しく伝ふ

大津波襲ひしあとのどさくさに北アフリカで戦はじまる

餓鬼は飢饉のとき、地獄より這ひ出して餓死者の屍肉をあさる

大津波襲ひしあとのどさくさに円買ひあさる餓鬼道のやから

本来

「必要なものを必要な人へ」配分する美しき機械として市場はありき

ひとたびも現《うつつ》となりしことのなきアダム・スミスの楽園の夢

「見えざる手」などあらばあれ復興の幾千万の人の「見ゆる手」

アメリカに九・一一日本に三・一一瞑して想へ

つつましき文明国であるために必要なもの不必要なもの

六

力をも入れずして天地《あめつち》を動かし、目に見えぬ鬼神をもあはれと思はせ、男女《おとこおんな》の中をも和らげ、猛き武士《もののふ》の心をも慰むるは歌なり

『古今和歌集』紀貫之「仮名序」

天地も鬼神も歌はうごかすと貫之書きし『古今集』仮名序

新《あたら》しき年の初めの初春の今日降る雪のいやしけ吉事《よごと》

大伴家持

新年をかかる年とは知らざりきあはれ廃墟に春の雪ふる

こちふかばにほひおこせよ梅の花あるじなしとて春を忘るな　　菅原道真

東風《こち》吹かばなどとはいへず放射能もうすぐ桜咲くといふのに

ゆく河の流れは絶えずして、しかも、もとの水にあらず。淀みに浮かぶうたかたは、かつ消えかつ結びて、久しくとゞまりたる例《ためし》なし。世中《よのなか》にある人と栖《すみか》と、またかくのごとし

鴨長明『方丈記』

今に思へば鴨長明幸ひなりき大津波を知らず一生《ひとよ》を終へき

世の中を思へばなべて散る花のわが身をさてもいづちかもせむ　西行

みちのくの廃墟に咲ける山桜いかに詠むらん西行法師

西行法師平泉へと下りしは東大寺大仏勧進のため

ヒデリノトキハナミダヲナガシ
サムサノナツハオロオロアルキ
宮沢賢治「雨ニモマケズ」

たれもかも津波のあとをオロオロと歩くほかなきか宮沢賢治

われらは世界のまことの幸福を索《たず》ねよう　求道すでに道である
宮沢賢治「農民芸術概論綱要」

「求道すでに道である」ならば大津波の瓦礫の原にすでに道あり

死ぬる子を箱にをさめて親の名をねんごろに書きて路に捨ててあり

窪田空穂《うつぼ》

大震災廃墟の東京をさまよひて歌を残しぬ窪田の空穂

わが怒りに　かゝはりもなし。夕されば、瓦斯《ガス》　電気燈　おのづから消ゆ

釈《しゃく》　迢空《ちょうくう》

迢空の怒りのあとの哀しみをひたと思へり大津波ののち

桜貝大和島根のあるかぎり

川崎展宏《てんこう》

川崎展宏いかに詠むらん桜貝大和島根のかかる姿を

ただならぬ大和島根のおほぞらに清らに白き春の富士照る

七

松島の島々こぞり盾となり津波より町を守りぬといふ

大津波盾となりたる毘沙門島兜島鎧島無事なりや否や

大津波盾となりたる翁島伊勢島小町島いまも恙《つつが》なしや

みちのくの奥松島の松庵《しょうあん》は花と遊びて旅寝せし宿

みちのくの奥松島の松庵は月と遊びて旅寝せし宿

中尊寺金色堂で営める大津波死者二万人の供養

みちのくの閖上《ゆりあげ》の港かなしけれ赤貝あまたあまた死滅す

八

日本列島東国はいま死に瀕《ひん》し西国はそをうち伏して嘆く

父母が頭《かしら》掻き撫で幸《さ》くあれて言ひし言葉《けとば》ぜ忘れかねつる

丈部稲麻呂《はせつかべのいなまろ》

東国の故郷の家に母をおきて西国を護りし若き防人《さきもり》

沖つ波来寄する荒磯《ありそ》をしきたへの枕とまきて寝《な》せる君かも　柿本人麻呂

鶴《たず》となり白鳥《しらとり》となりはるかなる東国へ還れ防人の魂《たま》

爾《ここ》に千引《ちびき》の石《いわ》を其《そ》の黄泉比良坂《よもつひらさか》に引き塞《さ》へて、其の石を中に置きて、各対《おのおのむか》ひ立ちて、事戸《ことど》を度《わた》す時、伊邪那美命《いざなみのみこと》言ひしく、「愛《うつく》しき我がなせの命、如此《かく》為《せ》ば、汝《いまし》の国の人草、一日《ひとひ》に千頭《ちがしら》絞《くび》り殺さん」といひき。爾に伊邪那岐命《いざなぎのみこと》詔《の》りたまひしく、「愛しき我がなに妹《も》の命、汝然《しか》為《せ》ば吾《あれ》一日に千五百《ちいお》の産屋《うぶや》立てむ」とのりたまひき。是《ここ》を以《も》ちて一日に必ず千人《ちたり》死に、一日に必ず千五百人《ちいおたり》生まるるなり　『古事記』

「一日に千頭絞り殺さん」といふイザナミに「千五百の産屋立てむ」といふイザナギの言葉

男神女神千引の石を引き塞へて相別れしといふ黄泉比良坂

わだつみの神の心は知らねども黒き大津波人々を殺《あや》む

みちみてる嘆きの声のその中に今生まれたる赤子の声きこゆ

避難所に久々にして足湯して「こんなときに笑っていいのかしら」

被災せし老婆の口をもれいづる「ご迷惑おかけして申しわけありません」

身一つで放り出された被災者のあなたがそんなことといはなくていい

つつましきみちのくの人哀しけれ苦しきときもみづからを責む

みちのくはけなげなる国いくたびも打ちのめされて立ちあがりし国

浅間山火を噴く天明大飢饉卒塔婆の森となりしみちのく

世界恐慌そのただなかに身売りせし農民の娘幾万かしらず

二・二六事件企てし陸軍将校の幾人《いくたり》かは東北の青年なりき

人々の嘆きみちみつるみちのくを心してゆけ桜前線

福島県三春に瀧桜といふ枝垂れ桜の大樹あり

瀧桜幾万のつぼみのその一つ今朝ひらきぬと吹く風のいふ

九

されど

矮鶏《ちゃぼ》の夫婦七羽の雛を遊ばする日和もどらず葉桜の下

ある日沖に黒き大波現はれて幾万の人々呑みこみしといふ

黒々と怒りのごとく昂《たかぶ》りし津波のあとの海のさざなみ

葉桜を吹きわたる風よ記憶せよここにみちのくといふ国のありしを

ピーポーと救急車ゆくとある街のとある日常さへ今はなつかし

復旧とはけなげな言葉さはあれど喪《うしな》ひしものつひに帰らず

歌の力

紀貫之が『古今和歌集』のために書いた序文「仮名序」は詩歌とは何か、とくに日本人にとっての詩歌の意義を一言でいい当てている。

やまとうたは、人の心を種として、万《よろず》の言《こと》の葉とぞなれりける。世の中にある人、ことわざ繁きものなれば、心に思ふことを、見るもの聞くものにつけて、言ひ出せるなり。花に鳴く鶯、水に住む蛙《かわず》の声を聞けば、生きとし生けるもの、いづれか歌をよまざりける。

歌とは人の心の中の種から生えた木の無数の葉のようなもの。世の中ではいろんなことが起こるので、そこで思ったことを見るもの聞くものに託して言葉にするのが歌。鶯も蛙も命あるものは何だって歌を詠む。「生きとし生けるもの、いづれか歌をよまざりける」。地球上を見わたすと、詩歌を少数の文学エリートの独占物と考える文化圏が多い中で、貫之のいう「誰でも歌をよむ」ということが日本の詩歌の最大の特徴である。

しかも貫之がこれを書いたのは十世紀のはじめ、そのときから千百年もたったのに貫之の指摘は今もまったく修正する必要がない。貫之以後に生れた連歌にも俳句にも現代詩にも当てはまる日本の詩歌の大原則である。

「季語と歳時記の会」（季語歳）のブログには大震災以後、数多くの短歌や俳句が寄せられている。幼児からお年寄りまで、以前から短歌や俳句を詠んできた人もいるが、これまで詩歌とは縁のなかった人もいる。それでも言葉が五七五、五七五七七とリズムを刻んで生れてくるのだ。今回の大震災は人々の心を揺さぶり、心の奥に眠っていた歌をよむ日本人のＤＮＡを目覚めさせたようだ。

なかにはあまりの惨状を前にして被災者のために短歌や俳句に何ができるのかと、詩歌の無力を訴えてくる人もある。もし、あなたが詩歌が無力であると思うのなら、さっさと捨てればいい。しかし、それはあなたが平安の時代に詠んできた短歌あるいは俳句が無力であるということなのだ。決して詩歌が無力なのではない。

紀貫之は「仮名序」の中でつづけていう。

力をも入れずして天地《あめつち》を動かし、目に見えぬ鬼神をもあはれと思はせ、男《おとこ》女《おんな》の中をも和らげ、猛き武士《もののふ》の心をも慰むるは歌なり。

歌は恋人たちの心を通じさせ、勇猛な武士の心を慰めるだけでなく、天地を動かし、鬼神さえも感動させる力がある。貫之は「歌の力」を信じていた。貫之ばかりではない。日本人の誰もがこの「歌の力」を信じ、古代からずっと歌を詠みつづけてきたということだろう。

大震災は日本という国のあり方を変えてしまうほどの一大事である。しかし、詩歌はそれに堂々と向かい合わなくてはならない。いつかは平安の時代が来るだろう。その平安の時代にあっても何が起ころうと揺るがない、それに堂々と対抗できる短歌、俳句でなければならない。

中央公論新社の松本佳代子さん、装丁をしていただいた間村俊一さんにお礼を申し上げたい。

長谷川　櫂

二〇一一年三月二十七日

震災句集

一

二〇一一年新年

正月の来る道のある渚かな

みちのくのここらで暮れて年の暮

大年の舟傾けて鮑《あわび》とる

古《ふる》年《とし》は吹雪となつて歩み去る

塩竈《しおがま》神社は塩土老翁神《しおつちおじのかみ》を祀《まつ》る

塩焼の翁なるらん初笑

鈴鳴つて鬼も恐るる破《は》魔《ま》矢《や》かな

羽子《はね》あげて塩竈さまのご町内

追羽子《おいばね》の空の晴れたり曇つたり

御釜神社は鉄の塩釜を祀る

塩焼の釜あかあかと氷りけり

松島

松かざる舟で詣でん瑞巌寺《ずいがんじ》

瑞巌寺石斛《せっこく》

雪かぶる石斛の毬《まり》杉の空

雑魚《ざこ》干して年のはじめの一二《いちに》軒

舟一つ白き氷となりゐたり

円通院《えんつういん》は伊達政宗の孫光宗の廟。享年十九

よき人の眠る氷のお堂かな

笹かまぼこ

竹串に一握りづつ春の雪

白鳥のかげろふ春の来たりけり

二

燎《りょう》原《げん》の野火かとみれば気仙沼

幾万の雛《ひな》わだつみを漂へる

雛は雛人形

大津波死ぬも生くるも朧《おぼろ》かな

水《み》漬《づ》く屍《かばね》草生《む》す屍春山河

早《さ》蕨《わらび》やここまで津波襲ひしと

春泥やここに町ありき家ありき

一望の瓦礫《がれき》を照らす春の月

春の月地震のままへもそのあとも

妻と子と同じ朧に帰り着く

三

焼け焦げの原発ならぶ彼岸かな

東京の雨に濡るるな初燕

放射能浴びつつ薔薇の芽は動く

春の灯の哀しむごとく停電す

停電の灯の戻りたる朧かな

しんとして昼の停電黄砂降る

汚染水春の愁ひの八千噸《トン》

四

みちのくの山河慟《どう》哭《こく》初桜

天地変いのちのかぎり咲く桜

この春の花は嘆きのいろならん

福島県三春《みはる》、瀧桜《たきざくら》

瀧桜一つひらきてとめどなし

陸奥《みちのく》をふたわけざまに聳《そび》えたまふ蔵王の山の雲の中に立つ　斎藤茂吉

みちのくを二分《ふたわ》けざまの桜かな

みちのくの大き嘆きの桜かな

咲きみちて咲きみちて無惨瀧桜

さはさはと余震にさやぐ桜かな

涙さへ奪はれてゐる桜かな

花冷や津波のあとの大《おお》八《や》洲《しま》

大八洲は日本

花冷ゆる心をもつて国憂ふ

大震災ののち短歌にかまけて

俳諧の留守の間に咲く桜かな

俳諧の十日の留守や桜ちる

マスクして原発の塵花の塵

五

次に国稚《わか》く浮きし脂の如くして、海月《くらげ》なす漂へる時、葦牙《あしかび》の如く萌え騰《あが》る物によりて成れる神の名は
『古事記』

葦牙のごとくふたたび国興れ

葦牙は葦の芽

いつせいに蕨萌ゆるや大自然

滅びゆく国のまほらに初蕨

「まほら」は「まほろば」「よき場所」

滅びゆく国にはあらず初蕨

桜貝残されしもの未来のみ

桜貝などに心は慰《なぐさ》まず

雲中の蔵王をおもふ朝寝かな

あかつきの余震もしらず朝寝かな

海は猛り陸は揺らぎて行く春ぞ

原子炉の赤く爛《ただ》れて行く春ぞ

大地震春引き裂いてゆきにけり

『おくのほそ道』

春行くや翁の道のずたずたに

ずたずたの心で春を惜しみけり

春の山を「山笑ふ」といへば

けふよりは蔵王笑はぬ山となれ

六

原発の煙たなびく五月来る

国難や一《いち》の頼みの柏餅

この国に天下無敵の柏餅

千万の子の供養とや鯉《こい》幟《のぼり》

この年は薫風さへも恐ろしく

空豆や東京電力罪深し

この国を菖蒲の風呂で洗はばや

願はくは日本の国を更衣《ころもがえ》

いくたびも揺る大地に田植かな

松島の鷗《かもめ》舞ひこよ早苗取

笠を置き杖を横たへ涼みけん

『おくのほそ道』

めづらしや山をいで羽《は》の初茄子《はつなすび》　芭蕉

放射能などに負けるな初茄子

みちのくは初茄子より可憐なり

南相馬市の人

逃れきて命涼しき女かな

京都、祇園祭《ぎおんまつり》

長刀鉾《なぎなたぼこ》ヨウ素セシウム何者ぞ

滅びゆく国のかたみの団扇《うちわ》かな

風鈴や呻《うめ》くがごとく鳴りはじむ

風鈴や東国すでに夜深し

七

雲の峰みちのくに立つ幾柱

幾万の声なき声や雲の峰

初盆や帰る家なき魂《たま》幾万

列なして歩む民あり死やかくもあまたの者を滅ぼさんとは　　ダンテ『神曲』

迎へ火や海の底ゆく死者の列

京都、五山の送り火

震災の今年はすごし大文字

首相退陣

政局や今ごろにして柳ちる

桐《きり》一《ひと》葉《は》さてこの国をどうするか

八

比叡山

みちのくの果ての果てまでけふの月

みちのくをみてきし月をけふの月

巨大台風十五号襲来

荒々しき年の荒々しき秋の風

東京を霧のごとくに襲ふもの
生き残る人々長き夜を如何《いか》に
人変はり天地変はりて行く秋ぞ

短日《たんじつ》の朝から暮れてしまひけり

花巻に銀どろの木あり。宮沢賢治愛せし木なり

銀どろの枯葉送りてくれし人

銀どろの銀の枯葉の五六枚

はるかなる海の果てより帰り花

人間に帰る家なし帰り花

磐城《いわき》の国の神さすらへる枯野かな

楽浪《ささなみ》の国つ御神のうらさびて荒れたる京《みやこ》見れば悲しも

高市黒人《たけちのくろひと》

湯豆腐や瓦礫の中を道とほる

十二月十日、皆既月蝕

月蝕のあとまどかなる冬の月

恐ろしきものを見てゐる兎の目

来年を思へば

からからと鬼の笑へる寒さかな

生きながら地獄をみたる年の逝く

つつしんで大震災の年送る

震災の年のゆきつく除夜の鐘

九

二〇一二年新年

龍《りゅう》の目の動くがごとく去年《こぞ》今年

原発の蓋《ふた》あきしまま去年今年

暴れをる鯛を包丁はじめかな

包丁に吸ひつく鮑花の春

浦霞は塩竈の酒

花の春とくとくと鳴れ浦霞

松かさは波にさらはれ花の春

塩竈桜一《ひと》枝《えだ》そへて破魔矢かな

ひとひらのこうれんを火に花の春

松島こうれん

炙《あぶ》りつつ炎のすける氷《ひ》餅《もち》かな

悲しんでばかりもをれず薺《なずな》打つ

瑞巖寺黄金の冬深みけり

冬深し金の襖《ふすま》の花や鳥

みちのくや氷の闇に鳴く千鳥

億年の時間の殻に牡蠣《かき》眠る

鬼やらひ手負ひの鬼の恐ろしき

春立つや氷の花のみちのくに

瑞巌寺

臥《が》龍《りゅう》梅《ばい》おどろおどろと花ましろ

大漁旗を衣類に仕立て直すときけば

切つて売る大漁旗や春無残

日本の三月にあり原発忌

哀しみの果てなる春の氷柱《つらら》かな

「志《し》ほかま」は塩竈の菓子

しほがまの塩味の春来たりけり

一年後

二〇一一年三月十一日の東日本大震災からやがて一年がたとうとしている。あの日から十日あまりの間は短歌が次々にできた。これをまとめて『震災歌集』とした。俳人が俳句ではなくなぜ短歌なのか。この問いに対して歌集には「やむにやまれぬ思い」と書いたのだが、そこには短歌と俳句の詩としての違いがかかわっているように思う。

たしかに短歌も俳句も散文よりは短い。したがって小回りがきく。大震災のように時々刻々と変化する状況を場面ごとにとらえるのに適している。またどちらも五七あるいは七五という言葉のリズムがあるので人の心にすっと入って、かつ長くとどまる。つまり記憶される。これも短歌、俳句の両方にいえることである。

しかしながら短歌は俳句より七七の分だけ言葉が多いために、ものごとをきちんと描写することができる。短歌の三十一音という言葉の数は何かを描くために必要な日本語の最小単位ではなかろうか。また短歌は人の心の動きを言葉にして表現することができる。ことに嘆きや怒りといった激しい情動を言葉で表わすのに向いている。

一方、俳句は極端に短いために言葉で十分に描写したり感情を表現したりすることができない。短歌に比べれば、俳句は「かたこと」なのである。そこで言葉の代わりに「間」に語らせようとする。「間」とは無言のことであり沈黙のことだが、それはときとして言葉以上に雄弁である。ただそうした「間」がいきいきと働くには空間的、時間的な距離（余裕）がなければならないだろう。

俳句にあって短歌にないもうひとつの特色は俳句には季語があるということである。季語とは雪月花をはじめとして文字どおり季節を表わす言葉のことだが、季節は太陽の運行によって生まれる。ということは季語には俳句を太陽の運行に結びつけ、宇宙のめぐりのなかに位置づける働きがあるわけだ。

俳句のこうした特性のために、俳句で大震災をよむということは大震災を悠然たる時間の流れのなかで眺めることにほかならない。それはときに非情なものとなるだろう。

大震災ののち十日あまりをすぎると、短歌は鳴りをひそめ、代わって俳句が生まれはじめた。しかし、『震災句集』をつくるのに一年近くかかったのは私の怠け心を別にすれば、俳句のもつ「悠然たる時間の流れ」を句集に映したかったからである。また句集の初めと終わりに二つの新年の句を置いたのもこれとかかわりがある。どんなに悲惨な状況にあっても人間は食事もすれば恋もする。それと同じように古い年は去り、新しい年が来る。

以上が短歌と俳句の違いをめぐって、この一年間に私が考えたことのあらましである。しかし、中国の詩人は杜甫も李白も内容と気分に応じて五言と七言、さらに四句の絶句と八句の律詩を自由自在に使い分けた。これをみれば、短歌と俳句の違いとはいっても、それほどのものでもないと思えるのである。

『震災句集』は『震災歌集』と同じく、中央公論新社の松本佳代子さんと装丁家の間村俊一さんの力をお借りした。お二人に心よりお礼を申しあげたい。

おはやう地球

一

一九九五年一月十七日、阪神淡路大震災

水仙の花や蕾や地ふるふ

二〇〇四年十月二十三日、中越地震

はるかより大地揺りくる夜寒かな

古志の人夜寒の顔の一つづつ

冬ごもり眠れる龍のかたはらに

吹雪きつつ暮れゆく年を惜しみけり

天地の荒ぶる年や除夜の鐘

激流に呑まるるごとく年は去る
ずたずたの大地に我ら去年今年
洪水も地震もものかは鉾すすむ

色鳥や女神の守る秋津洲

初雁のよべ渡りしと越の人

中越地震で郷里小千谷を離れたる渡辺文雄の手紙に「山道を葛の塞げる沼空忌」の句あり。返し

踏みしだきゆく人もなし葛の花

龍の目をのぞくがごとく初鏡

天体も生命もまた春の塵

死火山の並ぶがごとく蟻地獄

蟻地獄人の地獄のかたはらに

シェパードのマイト、二〇一〇年十二月二日未明、逝く。阪神大震災の救助犬なりしが、熊本にて余生を送る。母と妹、庭に埋づむ。十二歳

幻の犬かたはらに冬ごもり

二

東日本大震災以後

安達太良山笑ふにあらず哭きゐたり

山哭くといふ季語よあれ原発忌

嘆きにも下萌ゆるものありぬべし

震災忌悲しみはみな花となれ

木々芽吹くなか沈黙の大樹あり

『海の細道』神戸

今もなほ瓦礫の底に雛の顔

荒海に日本列島涅槃せり
人類の手のいくたびも種浸す
太陽も月もさすらふ蒙古塵

わが家の深閑として陽炎へり
わが心梅雨の荒磯をさすらへり
大空はきのふの虹を記憶せず

かたかたと余震にふるふ葭戸かな

黒富士や炎と燃ゆる空の奥

直上に夏日直下に地震の巣

揺れながらこの世暮れゆく冷し酒

とこしへの命ならねど土用餅

淋しさや日本中の蟬の穴

蟬の穴ばかりの国となり果てつ
壊れゆく国はかなかなかなかなと
地球自滅以後の沈黙天の川

哭きながら空をさすらふ秋の風
走りきて我が前に哭く秋の風
人の世は虫の世よりもなほ淋し

何故に今年ひとしほ秋の暮

あかあかとマグマの玉や冬ごもり

荒涼とわが身の冬の深みゆく

東京の闇の奥より除夜の鐘

みちのくのもうなき村の除夜の鐘

三

ごまめ嚙むこの世を深く愛すべく

一握の灰とならばや寝正月

寒卵嘆きの国のただなかに

人類の冬の思想の深みゆく

姿なき子ども遊ぶや雪だるま

死神のとなりと知らず日向ぼこ

春の来る道は一夜で氷りけり
地の底を鈴ふるはせて雪解水
少しづつとどのふ春のうれしさよ

絶叫の口ひらきたる目刺かな

大海のうねるがごとく春動く

「かみしめ」は須賀川の菓子

かみしめてみればおこしの風薫る

閖上《ゆりあげ》

命なり津波のあとの花いばら

セシウムに穢れたる竹皮を脱ぐ

さる人いはく

蝦蛄あまた水漬く屍にびつしりと

かつかつと兜鳴らして蝦蛄怒る

死の影のごとくががんぼ近づき来

深閑と心の奥の蟻地獄

悲しげに鳴いてはるかへほととぎす

白団扇ひるがへすたび人死ぬる

まづたのむ白一本の団扇かな

そのときはそのときと思ふ団扇かな

泥芋のごとく地球よすこやかに

波揺れて太平洋の夜長かな

蓑虫は泣きくたびれて眠りけり

吹き吹きて凩の吹き破れけり

綿虫の飛ぶ追憶のはじめかな

人々の嘆きの空に富士眠る
悲しみの果てに眠れる山の数
冬といふ旅人のゆく渚かな

四

初富士やまだ清らかな闇の中

嚙みしむる宇宙の塵のごまめかな

針凍ててこの世の時を指しゐたり

一桶の水荒涼と海鼠かな

日は沈み月も沈みて海鼠かな

忘却といふ一塊の海鼠かな

かなしみの果てなむ国へ流し雛

やはらかな宇宙の胎に朝寝かな

須賀川にまためぐりあふ牡丹かな

阿武隈の水はあふれて田植かな

風景を塗りかへてゆく田植かな

しづかなる水の世界に田植かな

筍は怒れる神の角なりき

病み臥《こや》す磐城の神も更衣

地獄絵の火を走り出て羽抜鶏

羽抜鶏地獄の車曳かすべく

忘却の果なる空の雲の峰

愚かなる我らの国に虹かかる

夏空や蝶の言葉のさやうなら
熟れてゆく桃の力を止められず
いや高き天の秋意を探るべく

ぎんどろの木を吹きわたれ秋の風

家の中もう真暗や秋の暮

おろおろの一生ならん秋の暮

夜もすがら何探してや秋の風

とうに月沈みて長き夜なるかな

ぎんどろはまこと白銀大冬木

太陽の愛してやまぬ冬木あり
亡国の民さながらに冬ごもり
凩は己が心のことなりき

五

二〇一四年秋、母校小川小学校五年一組の子どもたちと
ＮＨＫ「課外授業　ようこそ先輩」を収録

コスモスの花の声きく子どもかな

二〇一五年新年、小川小五年一組の諸君へ

おはやう地球冬空果てしなく青き

二〇一六年四月十六日、熊本断続地震

嘆きつつ家は倒れて行く春ぞ

森の国叩き壊して行く春ぞ

家たりし土幾山か陽炎へり

ずたずたの春の女神が草の上

またもとのしづけさとなる蕗の原

母、藤沢市のわが家へ避難

申し訳なかと笑はぬ母の春

小川小五年一組の二十七人、中学生となりしか

クマモンがんばれタンポポの花笑つてる

君たちが造る故郷の青山河

昼寝覚崩れんとして我が家あり

来て泣けといふ故郷の夏木立

母けさもこの世にありて更衣

よこたはる煙のごとく昼寝かな

虚しさに耐へてこの世に昼寝かな

忘却の光の中に昼寝かな

おい生きてゐるかとのぞく昼寝かな

その先のことは知らねど夏越かな

さびしさや人の音する秋の昼

さびしさのかやつり草の日本かな

火を噴きて阿蘇よみがへる夜寒かな

逃れきて終のすみかの炬燵かな

まぼろしの家の日向に寝正月

六

明けてゆく地球の顔を初鏡

去年は去り今年は深き闇の中

日も月も年も飛びゆく一夜かな

人類に愛の神あり日向ぼこ

黄金の目の一つある海鼠かな

十億年何を待ちゐる海鼠かな

神あらば海鼠のやうな姿かな

荒涼と世界暮れゆく海鼠かな

雑踏に忘却の雪降りしきる

子まぼろし妻まぼろしや雪へ雪

大雪となるべく春は来たるべく

田酒は津軽の酒

田酒酌む雪が二ひら三ひらかな

田にあふれ大河にあふれ雪解水

むくむくと春が動くや雪の中

真白な山また山や春動く

全山の雪ふるはせて山笑ふ

東大寺戒壇院持国天

邪鬼の背に佇ちてしづかに春愁ふ

須賀川牡丹園

紅の花から花へ風薫る

紅の深みにしづむ牡丹かな

花ならぬものとなりゆく牡丹かな

紅の波のうねりの暑さかな

苦しめるごとくに香る薔薇のあり
みづからの炎に灼かれゆく薔薇よ
また一つ蟻地獄へと蟻歩む

蟻さかん蟻地獄またさかんなり
蟻地獄心をのぞきみるごとく
嘲笑ひては飛び去りぬ道をしへ

福島の怒れる桃の届きけり

福島は怒りの桃として眠れ

福島の大地の力ラ・フランス

降る雪や奪はれても奪はれても福島

微笑む死

東日本大震災を詠んだ『震災歌集』（二〇一一年）と『震災句集』（一二年、ともに中央公論新社）を合わせ、文庫版『震災歌集　震災句集』（青磁社）として出すことになった。

新たに加えた「おはやう地球」は『震災句集』の前後の句から拾った。

一　『新年』　二〇〇九年、角川書店

　『鶯』　一一年、角川書店

二〜四　『海の細道』　一二年、中央公論新社

『柏餅』　　　　　　　　　　　　　一三年、青磁社
『吉野』　　　　　　　　　　　　　一四年、青磁社
『沖縄』　　　　　　　　　　　　　一五年、青磁社
五、六　句集未収録　　　　　　　　一五、六年

天災や戦争は夥しい死をもたらすが、死とは本来、日常的なものである。いつも人間の生のかたわらに微笑みながらそっと寄り添っている。死の日常性を思い出させてくれたのも東日本大震災だった。

川本三郎さんに新たに解説をお書きいただいたのは望外の幸せである。鈴木理策さんの桜の写真を装幀にお借りできたのは画竜点睛だった。

最後に青磁社社長の永田淳さん、装幀家の加藤恒彦さんに心よりお礼申しあげたい。

二〇一七年七草　　　　　　　　　　長谷川　櫂

解説　言葉が不意に襲ってきた

川本　三郎（評論家）

　3・11の惨劇を多くの人はテレビの報道で知り、そのすさまじい光景に圧倒された。

　そのために「言葉にならない」「言葉を失なった」「言語を絶する」と言うしかなかった。他方では「がんばろう」「絆」「家族」と言った言葉が飛び交い、たちまち軽いものになっていった。

　あの天災を言葉には出来ない。といって言葉にするとすぐに軽くなる。そんな言葉の危機的状態のなかにあっても人は、あの光景を見たときのやりきれない、どうしようもない、切羽詰った気持を言葉にしないではいられない。沈黙に打ちひしがれる一歩手前のぎりぎりのところで言葉に頼らざるを得ない。苦しみのなかから言葉を生み出す。

俳人の長谷川櫂さんは、3・11のその日から、自分の専門である俳句ではなく、短歌を作るようになった。いや「作る」とか「歌を詠む」といった行儀のいいことではない。「その夜からである。荒々しいリズムで短歌が次々に湧きあがってきたのは」。

まさに身体のなかから歌が湧き起ってきた。歌に不意撃ちをくらった。歌に襲われたといっていい。「荒々しい」という形容が、その突発の衝動をよくあらわしている。

次々に歌が湧き出てくる。言葉が言葉を呼ぶ。ひとつ言葉が出ると、すぐにその言葉を追いかけるように、あるいは、打消すように次の言葉が生れてくる。その「荒々しい」さまは、東北の小さな町や村を襲った津波の猛々しさに拮抗する。早く言葉を見つけなければ波に持ってゆかれる。

津波とは波かとばかり思ひしがさにあらず横ざまにたけりくるふ瀑布

夢ならず大き津波の襲ひきて泣き叫ぶもの波のまにまに

いま見たことを即座に言葉にしている。言葉がほとばしる。その性急さ、必死さが読者の心をまっすぐにとらえる。読む者もまた、あの惨劇の現場に立ち会わされる。

長谷川さんには、おそらく「いい短歌を詠もう」とか「うまい歌を作ろう」という下心はない。そんなことは、偉い歌人にまかせておけばいい。いまはただ、煮えたぎるような切迫した気持を言葉にしたい。思いを、手持ちの言葉に託したい。その気持が読者に痛いほど伝わってくる。

乳飲み子を抱きしめしまま溺れたる若き母をみつ昼のうつつに

かりそめに死者二万人などといふなかれ親あり子ありはらからあるを

そんなことは無理と分かっていながら、死者の一人一人を思おうとする。彼らの恐怖、苦しみ、無念を我が身に重ねようとする。花鳥風月や人生の悲哀を詠む言葉ではもうどうしようもない。荒削りで、ごつごつして、血を吐くような言葉を求め続ける。

もう自分の言葉など捨てようと、当事者の生まの言葉の助けを借りる。

夥《おびただ》しき死者を焼くべき焼き場さへ流されてしまひぬといふ町長の嘆き
「救助されたる漁師のいへる」と詞書があり「酒飲みて眠りてあした目が覚めて夢だつたかといへたらよきに」。

本当にあれがすべて夢だったら。漁師の言葉がそのまま歌になる。嘆きが、苦しみが、悲しみが歌になる。いや、歌になるのではない。悲劇に襲われた時、人の心そのものが言葉である、歌である。まさに「言葉とは心より萌ゆる木の葉にて人の心を正しく伝ふ」。

あれだけの惨劇を体験しても人の心はなんと柔らかく優しいことか。「避難所に久々にして足湯して『こんなときに笑つていいのかしら』」。あるいはこんな歌。「被災せし老婆の口をもれいづる『ご迷惑おかけして申しわけありません』」。

長谷川さんは、素直に彼らの言葉を引用する。いや、彼らの言葉に耳を傾ける。心を震わせる。

もっともつらい体験をした人たちが、もっとも優しい。そのことに、安全地帯にいて映像を通して津波の残酷を傍観するしかないわれわれの申訳ない気持も救われる。

歌は、あの日あの時の記憶をとどめてくれる。長谷川さんの心を突然襲った言葉を、作者自身は推敲などせずに、その時の気持のままに歌にしたに違いない。心の震え、高ぶりを、行儀のいい言葉の作法で抑えようとしない。そこにこそ、この震災詠のよさ、強さがある。

いや、惨劇があって歌が生まれるのではない。歌はあくまで惨劇の目撃者に過ぎない。大事なのは地震であり、津波であり、原発であり、そして何よりも死者なのだ。

画家のモネは、若い頃に妻を亡くした。妻の死顔をスケッチした。描いているうちに、うまく描こうとした。「妻の死を悲しむ夫」である筈の人間が、いつのまにか「いい絵を描こうとする画家」になっていた。そのことに気づいたモネは愕然とし、しばらく絵筆を措いた。

震災詠には、この矛盾がつきまとう。「大惨事のことをいい歌にする」。そのことのおかしさに気づかぬ人はいないだろう。

それに気づいたからこそ長谷川さんは、性急に、息づかいも荒く、襲ってきた言葉に身をまかせた。

いっときの熱気が沈まった時、長谷川さんは再び俳句に戻った。短歌を作ってみて、俳句との違いが鮮明になった。「短歌は人の心の動きを言葉にして表現することができる。ことに嘆きや怒りといった激しい情動を言葉で表わすのに向いている」。

それに対し、「俳句は極端に短いために言葉で十分に描写したり感情を表現したりすることができない」。俳句では「間」が大事であり、それは余裕から生れる。

さらに俳句には季語があり、季語が俳句を「太陽の運行」に結びつけ、「宇宙のめぐり」のなかに位置づける。

短歌と俳句の違いが、簡潔明瞭に語られている。震災直後、長谷川さんの身体のなかで歌が湧き起ってきたことは、ごく自然のことだったことが分かる。短歌は「心の動き」そのものになった。

そして「大震災ののち十日あまりをすぎると、短歌は鳴りをひそめ、代わって俳句が生まれはじめた」という。

短歌が突然の非日常とすれば、俳句は悠久の日常と言えようか。

春泥やここに町ありき家ありき

いくたびも揺るる大地に田植かな

みちのくのもうなき村の除夜の鐘

少しづつととのふ春のうれしさよ

ゆっくりとだが、日常が戻って来ている。「ラーメン屋がラーメンを作るといふことの平安を思ふ大津波ののち」と歌で詠んだ静かな日常がまた始ろうとしている。

しかし、その日常は3・11以前とは違っていることは言うまでもない。何気なくて、それでいて、心が冷える句がある。

「恐ろしきものを見てゐる兎の目」。凄い句だと思う。

初句索引

震災歌集

あ

青く澄む 33
「赤い日は 52
浅間山 89
阿鼻地獄 19
天地も 69
アメリカに 65
ある日沖に 95

い

如何せん 31
いきなり切れる 49
石原の 61
いつの世も 42
今に思へば 70
「今の若者は」 59

う

浮き彫りの 48
うちつづく 53

お

大津波
　襲ひしあとのどさくさに 63
　円買ひあさる 63
　北アフリカで 18
溺れし人を 19
死したる者は
盾となりたる
翁島 78
　毘沙門島 77
男神女神 85
おどおどと 39
音もなく 25
夥しき 17

か

顔みせぬ
　東電社長かなしけれ 26
　原発事故より 27
　それなりの人かと 39
顔見せぬ 52
かかる瑣事に
かかるとき
　かかる首相を 40
高校野球 54
カップ麺 61
かりそめに 16
川崎展宏 74

き

「求道すでに　72

く

国ぢゆうに　42
くらくらと　50
黒々と　96

け

ゲーセンに　51
原子炉が　27
原子炉に　29
原子炉の　29
現地にて　41
原発を
　かかる人らに　26
　制御不能の　25

こ

古人いはく　28
東風吹かば　70
言葉とは　62
この国の　40
壊れたる　60
「こんなとき　54

さ

西行法師　71
酒飲みて　21

し

「真意では　62
新年を　69

せ

世界恐慌　89

そ

その母を　35

た

大震災　73
高飛車に　49
瀧桜　91
鶴となり　84
ただならぬ　74
爛れたる　34
たれもかも　72

ち

乳飲み子を　16
矮鶏の夫婦　95
中尊寺　79
沼空の　73

「見えざる手」 65
見しことは 33
みちのくの
　奥松島の松庵は
　　月と遊びて 79
　花と遊びて 78
とある海辺の 18
廃墟に咲ける 71
春の望月 20
閑上の港 80
みちのくは 88
みちみてる 86
緑なる 47
身一つで 87

め

目にみえぬ 32

ゆ

夢ならず 15

ら

ラーメン屋が 51

ろ

六本木ヒルズ 48

わ

わが家の 55
わだつみの 85

震災句集・おはやう地球

あ

あかあかと 199
あかつきの 137
明けてゆく 237
嘲笑ひ 245
葦牙の 135
安達太良山 191
暴れをる 167
阿武隈の 218
炙りつつ 169
天地の 184
荒々しき 157
荒海に 193
蟻さかん 245
蟻地獄
　心をのぞき 245
　人の地獄の 188

い

家たりし 228
家の中 222
生きながら 162
生き残る 158
いくたびも 145
幾万の
　声なき声や 151
　離わだつみを 115
一握の 203
一望の 117
いつせいに 135
命なり 207
今もなほ 192
いや高き 221
色鳥や 186
磐城の国の 160

う

海は猛り 137
熟れてゆく 221
雲中の 137

お

おい生きて 232
追羽子の 109
黄金の 238
大海の 206
大空は 194
大津波 115
大年の 107

大雪と　240
億年の　171
汚染水　123
恐ろしき　161
鬼やらひ　171
おはやう　227
おろおろの　222
愚かなる　220

か

笠を置き　146
かたかたと　195
かつかつと　208
悲しげに　209
かなしみの　217
哀しみの　173
悲しみの　212
悲しんで　170
神あらば　239
噛みしむる　215
かみしめて　206
からからと　162
臥龍梅　172
寒卵　203

き

木々芽吹く　192
切つて売る　172
来て泣けと　230
君たちが　230
けふよりは　139
桐一葉　153
ぎんどろの　222
銀どろの
　枯葉送りて　159
　銀の枯葉の　159
ぎんどろは　223

く

クマモン　229
雲の峰　151
苦しめる　244
紅の
　波のうねりの　243
　花から花へ　242
　深みにしづむ　243
黒富士や　195

け

激流に　185
月蝕の　161
原子炉の　138
原発の
　煙たなびく　143
　蓋あきしまま　167

こ

洪水も　185
荒涼と
　世界暮れゆく　239
　わが身の冬の　199
凩は　224
国難や　143
古志の人　183
コスモスの　227
去年は去り　237
この国に　143
この国を　145
この年は　144
この春の　127
子まぼろし　240
ごまめ噛む　203
壊れゆく　197

さ

咲きみちて　129
桜貝
　などに心は　136
　残されしもの　136
雑魚干して　110
雑踏に　239
さびしさの　233
さびしさや　233
淋しさや　196
さはさはと　129
早蕨や　116

し

塩竈桜　169
しほがまの　173
塩焼の
　翁なるらん　108
　釜あかあかと　109
死火山の　187
地獄絵の　219
しづかなる　218
死神の　204
死の影の　208
邪鬼の背に　242
蝦蛄あまた　207
十億年　238
春泥や　116
正月の　107
白団扇　209
深閑と　208
震災忌　192
震災の
　今年はすごし　152
　年のゆきつく　163
しんとして　122
人類に　238

人類の
手のいくたびも 193
冬の思想の 204

す

瑞巌寺 170
水仙の 183
須賀川に 217
姿なき 204
少しづつ 205
鈴鳴つて 108
ずたずたの
心で春を 139
大地に我ら 185
春の女神が 228

せ

政局や 152
セシウムに 207

絶叫の 206
蟬の穴 197
全山の 242
千万の 144

そ

その先の 232
そのときは 210
空豆や 144

た

大地震 138
太陽の 224
太陽も 193
瀧桜 128
竹串に 111
筍は 219
田にあふれ 241
短日の 159

ち

地球自滅 197
地の底を 205
直上に 195

つ

つつしんで 162
妻と子と 117

て

停電の 122
田酒酌む 240
天体も 187
天地変 127

と

東京の
雨に濡るるな 121

闇の奥より　200
東京を　158
とうに月　223
とこしへの　196
泥芋の　210

な

哭きながら　198
長刀鉾　147
嘆きつつ　227
嘆きにも　191
夏空や　221
何故に　199
涙さへ　129
波揺れて　210

に

日本の　173
人間に　160

ね

願はくは　145

の

逃れきて
　命涼しき　147
終のすみかの　234

は

俳諧の
　十日の留守や　131
　留守の間に咲く　130
白鳥の　112
走りきて　198
初雁の　186
初富士や　215
初盆や　151
花ならぬ　243
花の春　168
花冷や　130
花冷ゆる　130
羽抜鶏　220
羽子あげて　109
母けさも　231
針凍てて　215
はるかなる　160
はるかより　183
春立つや　172
春の来る　205
春の月　117
春の灯の　122
春行くや　138

ひ

一桶の　216
人変はり　158
人の世は　198

人々の 212
ひとひらの 169
日は沈み 216
日も月も 237
昼寝覚 230
火を噴きて 233

ふ

風景を 218
風鈴や 148
　呻くがごとく 148
東国すでに 211
吹き吹きて
福島の 246
　怒れる桃の 246
　大地の力 246
福島は 111
舟一つ 184
吹雪きつつ

踏みしだき 186
冬ごもり 184
冬といふ 212
冬深し 170
古年は 108
降る雪や 247

ほ

忘却と 216
忘却の 220
　果なる空の 232
　光の中に 224
亡国の
放射能 121
　浴びつつ薔薇の 146
　などに負けるな 168
包丁に
滅びゆく 136
　国にはあらず

国のかたみに 148
国のまほらに 135

ま

真白な 241
マスクして 131
まづたのむ 209
また一つ 244
またもとの 229
松かさは 168
松かざる 110
松島の 146
まぼろしの 234
幻の 188

み

みづからの 244
みちのくの
　大き嘆きの 128

ここらで暮れて　107
山河慟哭　127
果ての果てまで　157
もうなき村の　200
みちのくは　147
みちのくや　171
みちのくを
二分けざまの　128
みてきし月を　157
水漬く屍　116
蓑虫は　211

む

迎へ火や　152
むくむくと　241
虚しさに　231

も

申し訳　229
森の国　228

や

焼け焦げの　121
山哭くと　191
病み臥す　219
やはらかな　217

ゆ

雪かぶる　110
湯豆腐や　161
揺れながら　196

よ

よき人の　111
よこたはる　231
夜もすがら　223

り

龍の目の　167
龍の目を　187
燎原の　115

わ

わが家の　194
わが心　194
綿虫の　211

著者略歴

長谷川櫂（はせがわ・かい）

一九五四年、熊本県生まれ。俳人。「朝日俳壇」選者、ネット歳時記「きごさい」代表、東海大学文芸創作学科特任教授、俳句結社「古志」前主宰。「読売新聞」に詩歌コラム「四季」を連載中。サイト「一億人の俳句入門」で「ネット投句」「うたたね歌仙」を主宰。

『俳句の宇宙』でサントリー学芸賞、句集『虚空』で読売文学賞。『長谷川櫂全句集』『柏餅』『吉野』『沖縄』などの句集のほか、『古池に蛙は飛びこんだか』『NHK一〇〇分de名著ブックス　おくのほそ道』『俳句的生活』、『和の思想』『海の細道』『一億人の俳句入門』『一滴の宇宙』（岡野弘彦、三浦雅士との歌仙集）『芭蕉の風雅　あるいは虚と実について』『文学部で読む日本国憲法』「新しい一茶」（池澤夏樹編集「日本文学全集」第十二巻所収）などの著書がある。

震災歌集　震災句集

初版発行日　二〇一七年三月十一日
著　者　長谷川　櫂
定　価　二〇〇〇円
発行者　永田　淳
発行所　青磁社
京都市北区上賀茂豊田町四〇―一（〒六〇三―八〇四五）
電話　〇七五―七〇五―二八三八
振替　〇〇九四〇―二―一二四二二四
http://www3.osk.3web.ne.jp/~seijisya/
装　幀　加藤恒彦
印刷・製本　創栄図書印刷

ISBN978-4-86198-378-8 C0092 ¥2000E